Ie   ⌐ᐧ601

LES

MOMENTS PERDUS.

LES

MOMENTS PERDUS

OPUSCULE

PAR

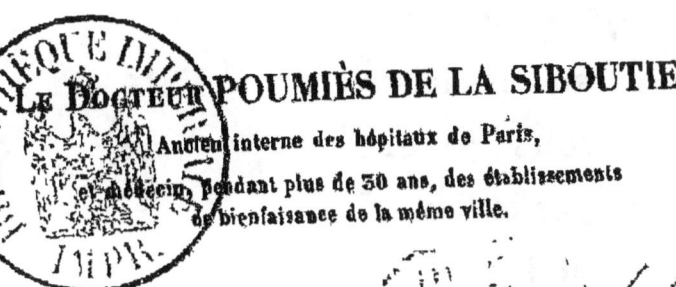

Le Docteur POUMIÈS DE LA SIBOUTIE

Ancien interne des hôpitaux de Paris,
et médecin, pendant plus de 30 ans, des établissements
de bienfaisance de la même ville.

PARIS

IMPRIMERIE DE COSSE ET J. DUMAINE,

RUE CHRISTINE, 2.

1855

À MES CONFRÈRES ET AMIS.

MES TRÉS-CHERS,

J'aurais pu,

en vidant mon portefeuille, vous

envoyer un gros volume,

cadeau fort indiscret,

vous prier

de le lire,

de m'en dire votre avis,

de m'être indulgents.

Au lieu de cela

je vous envoie, franco, un tout petit recueil.

Je vous dispense :

de m'en accuser réception,

de me remercier,

de le lire,

de m'en parler.

LES
MOMENTS PERDUS.

LE MÉDECIN.

Un digne Médecin, l'honneur de la science,
Disait : «Je reviendrais cent fois à l'existence,
Que je voudrais cent fois revenir médecin,
Et toujours exercer mon ministère saint. »
Voilà comme il entend sa mission sublime,
Celui que, pour son art, un grand amour anime;
Il laisse, sans se plaindre, aux puissants la grandeur,
Mais il sait ce qu'il vaut, dans le fond de son cœur;
Du bien qu'il fait au monde il a la conscience :
C'est pour mieux le servir qu'il aime la science;
Il appartient à tous : à ceux que la douleur
Tourmente sur leur lit; à ceux que le malheur
A courbés sous son joug. Il soulage, il console;
Il a pour chaque peine une douce parole.
Souvent, pour un moment, devenant magistrat,
Il fait régner la paix où régnait le débat.
Il faut surtout le voir dans ces jours de misère,
Alors qu'un grand fléau vient désoler la terre;

Il se prodigue à tous : la nuit comme le jour
Près du lit d'un patient le trouve tour à tour.
Ses peines, ses travaux n'ont ni fin ni relâche,
Car chaque instant impose une nouvelle tâche.
A-t-il de la patrie à soigner les soldats,
Il partage leur sort, accompagne leurs pas ;
Il couche au bivouac, assiste à la bataille,
Va panser les blessés jusque sous la mitraille,
Ou bien, sur nos vaisseaux, avec nos matelots,
Il affronte les vents et la fureur des flots.
Est-il porté bien loin sur la terre étrangère,
D'humanité, de bien, il devient missionnaire.
Partout, comme un oracle, il se voit consulté ;
Il instruit, civilise et rend à la santé ;
Il prêche le travail, son utile influence,
L'ordre, la propreté, la paix, la tempérance.
Son nom avec amour par tous est prononcé.
Les enfants le diront dans un âge avancé,
Et, lorsque de ces lieux son service l'éloigne,
Le peuple en le pleurant vers la mer l'accompagne.

AU DOCTEUR RÉVEILLÉ PARISE,

DONT JE M'HONORE D'AVOIR ÉTÉ L'AMI (*).

Bon jour, bon an, sage et docte confrère,
Mon cher voisin ; que tout vous soit prospère !
Que Dieu vous garde et vous protége tous,
Petits et grands ! qu'il éloigne de vous
Les noirs soucis, la douleur et la peine,
Des sots méchants la redoutable haine !
Qu'il ait pour vous des printemps chauds et verts,
De longs étés et de bien courts hivers !
Un cœur rempli de force et de courage
Pour supporter l'injustice et l'outrage !
Voilà mes vœux, que vous faut-il encor ?
Souhaitez-vous un regard du veau d'or ?
Eh bien ! priez, faites un sacrifice
Sur son autel ; il vous sera propice.
Vous aurez tout, et richesse et grandeur,
Vous aurez tout, excepté le bonheur ;
Car ce dieu d'or rit des feux qu'il allume,
Et sa faveur vous brûle et vous consume.
Mais je sais bien qu'à ce dieu tout-puissant
Nul ne vous vit offrir un grain d'encens.
Plus haut que lui votre regard se porte,
D'un saint amour l'art divin vous transporte,

(*) Cette épître a paru dans la *Gazette médicale* du 13 janvier 1844

1*

Et, dans son temple appelant les élus,
Vous en chassez de cupides intrus.
Si vous parlez des hommes de la science,
Vous les jugez en bonne conscience.
Après l'honneur vous placez le savoir,
Avant l'argent vous mettez le devoir.
Aux beaux parleurs qui ne guérissent guère
Sans vous lasser vous faites rude guerre ;
Et vos écrits, qui vous peignent si bien,
Plaisent à tous et font aimer le bien.
Montrez-vous fier de ce bel inventaire.
Bon jour, bon an, sage et docte confrère.

Je ne puis terminer ce chapitre, où il a été si souvent question de M. Réveillé Parise, sans payer un juste tribut de respect à la mémoire d'un homme si regrettable.

M. Réveillé Parise était à la fois un médecin, un savant, un homme de lettres ; par-dessus tout cela, c'était un homme de bien ; il n'a jamais écrit que pour l'honnête et l'utile ; tous ses ouvrages ont mérité la louange qu'il leur souhaitait le plus. Un livre, disait-il, doit être un bienfait.

Je m'associe pleinement aux lignes ci-dessus que, dans son ouvrage sur la longévité humaine, M. Flourens, de l'académie française et de l'académie des sciences, a consacrées à Réveillé Parise.

LE MÉDECIN DES PAUVRES.

Aimez votre prochain à l'égal de vous-même.
Aimez-vous tous, nous dit le divin Rédempteur :
Paix, amour, charité, c'est là ma loi suprême,
Que chacun d'entre vous la porte dans son cœur.
A nous qui remplissons le grave ministère
De calmer la douleur, de rendre la santé,
Cette loi de Jésus doit être toujours chère,
Pour tout homme souffrant, amour et charité.
L'art de guérir n'est point une affaire, un négoce,
Dont la fin soit le lucre, et les honneurs le but ;
Non, cet art vient du ciel ; c'est presque un sacerdoce,
De devoir, de vertu, il impose un tribut.
Aussi, quand la douleur près d'elle vous appelle,
De nuit comme de jour, il faut la secourir ;
Un frère vous attend et l'attente est cruelle,
Par le plus court chemin hâtez-vous d'accourir.
Le pauvre ouvrier surtout ne doit jamais attendre ;
Il est dur à lui-même, et ne s'est arrêté
Que lorsque la douleur l'a forcé de se rendre :
Son bien, son seul trésor à lui, c'est la santé.
Le travail de l'ouvrier, c'est le pain du ménage ;
Le travail d'aujourd'hui doit le nourrir demain,
Et si le mal l'étreint, s'il cesse son ouvrage,
Il voit entrer chez lui la misère et la faim.

Souvent c'est un vieillard, vétéran de la peine,
Que le travail usa plus encor que le temps ;
Pour tous il travailla jusqu'à perte d'haleine :
Ne le délaissons pas à la fin de ses ans.
- Cet autre, du destin malheureuse victime,
Est perdu, délaissé sans l'avoir mérité ;
Il gémit sans se plaindre au fond de cet abîme,
Où vieux, pauvre, souffrant, il fut précipité.
Ah ! combien j'en ai vu dont on sut la misère
Quand il ne fallait plus qu'un linceul, qu'un tombeau !
Qu'ils versèrent de pleurs sur leur lit solitaire,
Avant que de leur jour s'éteignît le flambeau !
Ces malheureux en vous ont mis leur confiance,
Ne les repoussez pas, vous êtes leur espoir.
Ils seront importuns, auront de l'exigence :
Sans les blâmer, allez, faites votre devoir.
S'ils lisent dans vos yeux l'amour, la bienveillance,
Leur lit sera moins dur, leur mal moins violent ;
La bonté, la douceur, égalent la science,
La charité du cœur complète le talent.
Donnez-leur tous vos soins, relevez leur courage,
Adoucissez les maux qui ne peuvent guérir ;
Prenez leurs intérêts sous votre patronage,
Faites-leur espérer de beaux jours à venir.
Estimez-vous heureux, si, par votre richesse,
Vous pouvez quelquefois secourir le malheur,
Essuyer quelques pleurs, soulager la détresse ;
L'or ainsi dépensé fera votre bonheur.
Le plaisir le plus pur que puisse goûter l'âme,
C'est de faire le bien, d'accomplir un devoir,

De mériter l'estime et d'éviter le blâme ;
Ce plaisir-là vaut bien la grandeur, le pouvoir.
Les pauvres sont d'ailleurs pleins de reconnaissance :
Le médecin devient leur ami, leur sauveur ;
Ils ne sont point ingrats, j'en ai l'expérience ;
C'est les calomnier que d'accuser leur cœur.
J'ai vu plus d'une fois le convoi bien modeste
D'un médecin, humain, bon, désintéressé :
Chacun le bénissait de la voix et du geste,
Et les pauvres en chœur proclamaient sa bonté.

LA SANTÉ.

Mettez en un monceau tous les biens de la terre,
S'il manque la santé, vous ne me tentez guère.
La santé, de ces biens, est le plus précieux ;
C'est le soleil brillant qui réchauffe les cieux :
Elle dore la vie, embellit chaque chose ;
Elle amollit la couche où notre cœur repose ;
Elle rend notre esprit plus sain, plus vigoureux,
Le jugement plus droit, le cœur plus généreux.
Sans elle un voile noir assombrit la nature,
Le printemps est sans fleurs, la forêt sans verdure.
Sans elle la beauté fait place à la laideur,
Le nectar est sans goût, la rose sans odeur.
Et pourtant ce trésor souvent un seul jour dure,
Chacun le jette au vent sans ordre et sans mesure ;
Ce n'est que gémissant sur son lit étendu,
Qu'on sent enfin le prix de ce qu'on a perdu.
Soyez de ce trésor sagement économe,
Loin de le diminuer, augmentez-en la somme.
C'est par la tempérance et la sobriété
Qu'on maintient l'âme saine et le corps en santé ;
Par elles l'on apprend à se vaincre soi-même :
Pas d'excès, rien de trop, voilà leur loi suprême ;
Elles mettent un frein aux plaisirs dangereux,
Aux désirs insensés, aux appétits fougueux ;

Elles rendent meilleur, mènent à la sagesse,
Et préparent de loin une heureuse vieillesse.
Ajoutez l'exercice à la sobriété,
Sachez vous occuper et fuir l'oisiveté ;
Fermez bien votre cœur à la haine, à l'envie :
Les basses passions enlaidissent la vie,
Impriment sur les traits leur stigmate hideux,
Et font souffrir au corps les maux les plus affreux.
Mais avez-vous du bien contracté l'habitude,
Rempli tous vos devoirs avec exactitude,
Vous aurez la santé, le bonheur et la paix,
Le sommeil à vos nuits ne manquera jamais.
Cette sainte doctrine est celle d'Épicure,
Elle éclaire l'esprit, le grandit et l'épure,
Place dans la vertu l'extrême volupté,
La santé dans le bien, le bien dans la santé.

CONSEILS A UN JEUNE MÉDECIN.

Vous venez de subir votre dernière épreuve,
Vous connaissez votre art, vous en avez pour preuve
Un diplôme imprimé sur un beau parchemin :
A l'œuvre maintenant, mettez-vous en chemin,
Choisissez le plus droit, c'est le plus profitable ;
Il paraîtra d'abord pénible, impraticable :
Sans vous décourager marchez avec ardeur,
Vous trouverez au bout et l'estime et l'honneur.
L'art que vous exercez est un saint ministère ;
Dans tout homme souffrant vous devez voir un frère,
S'il vous appelle à lui, l'aider, le soulager,
S'il est pauvre surtout, l'aimer, le consoler.

Vous serez introduit au sein de la famille,
Vous aurez ses secrets, ceux de la jeune fille ;
Vous serez appelé, par un époux d'un jour,
Près de sa jeune épouse, objet de son amour :
Montrez-vous digne en tout de cette confiance.
Les secrets, gardez-les. Soyez de la décence
Rigide observateur, et, sans être affecté,
Ayez de votre état le ton, la gravité.
Avec discrétion vous devez voir le monde,
Son étude est toujours curieuse, féconde.
L'anatomie enseigne à connaître le corps,
Ses organes nombreux et ses secrets ressorts ;

Elle examine tout avec intelligence ;
La plus petite fibre importe à la science ;
La physiologie explique leur fonction,
Dit comment chaque organe a sa propre action.
Mais l'étude du monde est d'une autre nature :
Ici l'homme est vivant, son esprit, sa figure,
Ses désirs, ses instincts, ses goûts, ses passions,
Sont un vaste sujet de méditations,
Un livre tout ouvert que lit toujours le sage,
Sans arriver jamais à la dernière page.
Faites comme le sage, ardent observateur,
Appliquez-vous de l'homme à connaître le cœur,
A lire dans ses yeux les peines, les pensées,
Qu'avec grand soin il tient au fond de lui cachées.
La science de l'homme est pour le médecin
Le phare dont les feux éclairent le chemin ;
Le corps souffre souvent des souffrances de l'âme,
La fièvre est dans le sang, dans le cœur est la flamme,
Les chagrins dévorants, les désirs insensés,
Qui réclament de vous des conseils éclairés.
Vos succès seront grands, votre marche certaine,
Car l'art ainsi compris n'est point science vaine.
Soyez des médecins le confrère loyal,
Un émule, un ami, mais jamais un rival.
Sachez honnêtement gagner la confiance,
Mais ne la volez pas. Que votre conscience
Soit en paix avec vous, ne vous reproche rien,
Si vous l'interrogez, vous réponde : C'est bien.
Restez toujours fidèle au culte de la science
Sans elle, en peu de temps, s'use l'intelligence.

En donnant chaque jour à l'étude un moment,
Vous pourrez de votre art suivre le mouvement,
Apprécier les faits, éviter la routine,
Ce tombeau du savoir, du talent la ruine.
Votre vie, à vrai dire, est toute de labeur,
De peine pour le corps, de douleur pour le cœur,
De lutte avec l'orgueil, l'ignorance, la haine,
Et trop souvent, hélas ! de lutte avec la gêne.
A bien peu d'entre nous la fortune sourit ;
Même pour l'obtenir quelques-uns ont souscrit
A des conditions dont votre honneur s'afflige.
Vous les mépriserez, car médecine oblige.
Votre profession est une dignité,
Toute de dévouement, d'honneur, de probité ;
Elle veut que sans tache on garde son diplôme,
Et qu'on soit avant tout médecin honnête homme.

LE MAGNÉTISME.

L'homme est un grand enfant qui veut être trompé ;
Dans les bras de l'erreur il veut être bercé ;
Il fuit la vérité, court après le mensonge,
Et la réalité lui plaît moins que le songe.
Il aime le prodige et veut du merveilleux ;
De miracles toujours on le vit amoureux.
Nourri de préjugés dès sa plus tendre enfance,
Il subit à jamais leur fatale influence.
Contre ces préjugés, la science vainement
Tenterait de lutter par le raisonnement :
Toujours dans cette lutte elle a pour adversaires
Tout ce qui vit d'erreurs et de honteux salaires.
Protée aux mille corps, géant aux mille bras,
Exploitant le vulgaire accouru sur ses pas,
C'est l'ignorance brute et l'ignorance avide ;
L'une, dupe toujours, l'autre, toujours cupide,
Toutes deux poursuivant la raison, le bon sens,
De quolibets grossiers et de propos blessants.
Chaque lieu, chaque époque a son charlatanisme :
La Grèce eut la Sibyle et nous le Magnétisme.
Ce mot répond à tout, il est compris de tous,
Les apôtres fervents le disent à genoux,
Laissant bien loin de lui les plus fameux oracles,
On le voit accomplir d'indicibles miracles.

Expliquant le passé, prédisant l'avenir,
Les voleurs, les trésors, il fait tout découvrir.
Au travers de nos corps, pour lui seul diaphanes,
Il voit les lésions de nos moindres organes :
Il dit par quels moyens on pourra les guérir,
Et même il se fait fort d'empêcher de mourir.
Ainsi que par les yeux, par le ventre il peut lire ;
Vos plus profonds secrets, il pourra vous les dire.
Vous ne me croyez guère et vous riez tout bas ;
Je n'y crois pas non plus et ne m'en cache pas.
Je dis : Le magnétisme est une jonglerie,
Quelquefois plus encor, c'est une fourberie.
Dans ses nombreux agents, je vois peu de docteurs,
J'y vois force jongleurs, des niais, des imposteurs,
Gens issus de bas lieux, à la langue grossière,
Maltraitant à plaisir le bon sens, la grammaire.
Oh ! si le magnétisme avait un fondement,
S'il pouvait s'appuyer sur le raisonnement,
Sur des faits avérés, admis par l'expérience,
Se produire au grand jour, prendre rang dans la science
De l'Institut enfin s'ouvrir les deux battants,
Et chasser loin de lui d'ignobles charlatans ;
S'il pouvait tout cela ! certes, la Médecine,
Qu'on dit venir du ciel, qu'on appelle divine,
Qui sait son impuissance et ne s'en cache pas,
Au magnétisme alors ouvrirait les deux bras ;
Heureuse d'accueillir ce puissant auxiliaire,
Elle se rangerait vite sous sa bannière.
Quand a-t-elle manqué d'adopter à l'instant
Les progrès de la science et les progrès du temps ?

C'est pour elle un devoir, c'est pour elle une joie,
Pour soulager les maux que le Ciel nous envoie,
D'augmenter les moyens de mieux les secourir ;
Elle souffre avec ceux qu'elle ne peut guérir.
Mais il reste un devoir non moins sacré pour elle,
Celui de continuer cette lutte éternelle
Qu'en tous temps, en tous lieux soutient la vérité
Contre le faux, l'erreur, le mensonge éhonté.

CONNAISSANCE DE L'HOMME.

Celui qui veut de l'homme étudier la nature
Doit d'abord avec soin étudier sa structure,
La charpente du corps, les muscles et les nerfs,
La forme, les fonctions des organes divers,
Comment dans le cerveau se produit la pensée.
Nous vient-elle d'en haut, est-elle secrétée ?
Comment, par l'action des poumons et du cœur,
Au sang revivifié le corps doit sa chaleur.
Pour apprécier ces faits avec intelligence,
Il faut avoir longtemps cultivé la science,
Connaître la chimie et l'optique à la fois,
Avoir de la physique approfondi les lois.

Notre corps, on peut dire, est une vaste usine
Ayant ses appareils, ses fourneaux, sa machine,
Qui décompose l'air, brûle les aliments,
Transforme à son profit leurs divers éléments ;
Produit des gaz, des sels, du sucre, de la pierre,
Coagule, dissout, vaporise, agglomère.
Ce travail incessant s'accomplit sans effort,
Commence avec la vie et finit à la mort.
Tant que de ce travail la marche est régulière,
La santé se maintient forte, puissante, entière.
L'homme possède alors toutes ses facultés :
La force dans le corps, dans l'esprit les clartés,

Flambeau de la raison, éternelle lumière
Qui brûle quelquefois, mais qui toujours éclaire.
Lorsque de ces fonctions l'équilibre est détruit,
La maladie arrive et la santé nous fuit ;
Des organes, des sens, l'action est altérée,
Elle est nulle, confuse ou bien exagérée.
Le sang se précipite ou ralentit son cours ;
Le corps est froid, brûlant, frissonnant tour à tour.
Alors tout est changé, l'homme n'est plus le même ;
Il était beau, joyeux : il devient triste et blême.
Sa raison, qu'on vantait, se trouble, s'obscurcit.
Il était généreux, et son cœur s'endurcit.
Il hait ce qu'il aimait; il est grondeur, sévère ;
Lui si doux, si patient, pour un rien s'exaspère.
Quelquefois la nature, en redoublant d'effort,
Rétablit l'équilibre et repousse la mort.
Dès lors plus de dangers, c'est la convalescence,
Où semblent revenir les beaux jours de l'enfance.
Sur les traits où le vice a gravé sa laideur,
Paraissent la douceur, la bonté, la candeur.
Cet homme était grossier, obscène en son langage,
Brutal, provocateur de rixe et de tapage :
Ce n'est plus le même homme, il est reconnaissant,
Il est simple, poli, bon et obéissant.
Il se rappelle alors les conseils de sa mère,
Il cherche à répéter son ancienne prière,
Bientôt, comme l'éclair qui perce la nuit sombre,
Tous ces beaux sentiments s'éclipsent comme l'ombre,
Les mauvaises passions, le mauvais naturel,
Ont bien vite repris leur empire habituel.

ous des aspects nouveaux l'homme apparaît sans
Il est lâche, il est brave, il s'élève, il s'abaisse. [cesse.
Qui veut bien le connaître et bien l'apprécier
Doit sous tous les aspects avec soin l'étudier.
C'est un gros livre écrit en petit caractère
Que, sans en voir la fin, on lit la vie entière.

AU POÈTE BARTHÉLEMÍ,
Mai 1849.

Mon cher voisin, si j'ai bonne mémoire,
Un mot de vous, écrit de votre main,
Me fut promis; au fond de l'écritoire
On l'oublia : je l'attendis en vain.
Sans le vouloir, car en tous lieux on vante
Votre bonté, vous me fîtes grand tort.
Comptant sur vous, la figure riante,
A des amis qui, j'en bénis le sort,
Dans ma maison ont fixé leur demeure,
Je vous avais tout d'abord annoncé;
Ces bons amis, tous les jours, à toute heure,
M'accueillent bien; chacun est empressé
A me distraire, à me faire sourire :
Si je suis triste, ils ont des mots touchants;
En prose, en vers, comme je le désire,
Ils sont toujours curieux, attachants.
C'est à moi seul qu'ils tiennent ce langage,
C'est pour moi seul qu'ils ont écrit ceci.
Sur ces papiers s'inclina leur visage,
Et dans leurs mains ils les tinrent aussi.
Ils sont tous là, loin des regards du monde,
Dans un carton avec ordre classés,
Vivant entre eux dans une paix profonde,
Tous oublieux des bruits des temps passés.

Vous devinez, ce sont des autographes
Grands généraux, médecins, géographes.
D'hommes divers et de tous les états.
Prêtres, soldats, poètes, magistrats,
J'annonçai donc à leur docte assemblée
Que dans leurs rangs un poète, un ami
Digne de tous, demandait son entrée,
Que ce poète était Barthélemi.
Barthélemi! s'écrièrent mes hôtes,
Nous serons fiers de l'avoir parmi nous :
Son luth résonne aux régions les plus hautes,
Comme un égal nous le recevrons tous.....

Mais le temps fuit : au givre, à la froidure
A succédé le printemps; sur ses pas
De mille fleurs s'émaille la nature,
L'été s'approche, et vous ne venez pas.
Aussi Dieu sait tous les noms qu'on me donne.
Maître Boileau, qui sait que je suis né
Non loin des champs que baigne la Garonne,
Sans se gêner, dans un vers bien tourné,
Me dit : Gascon, tu nous as fait un conte,
Tu nous trompais..... Moi, je maudis le sort,
Je sens qu'au front la colère me monte...
Sans le vouloir vous m'avez fait grand tort,
Mon cher voisin, vous causerez ma mort.

ENVOI.

Vous envoyer des vers, on en rira;
C'est au moulin porter de la farine,
Me dira-t-on; mais nul ne le saura,
Excepté vous. Faites-leur bonne mine.
Ils sont d'abord bien d'aplomb sur leurs pieds,
D'être boiteux aucun d'eux ne s'afflige;
Si de mes mains ils sortaient estropiés,
On gloserait, car médecine oblige.
Bien que mauvais, vous pouvez les louer
Tout à votre aise et sans trop me déplaire :
Pour ses enfants, on peut bien l'avouer,
On doit avoir des entrailles de père.

Ville-d'Avray, mai 1849.

LE RÊVE D'UN VIEILLARD.

Le temps, en m'effleurant de son aile légère,
A dépouillé ma tête, aliourdi ma paupière.
La vieillesse sur moi pèse d'un poids, hélas !
Plus lourd à supporter que n'est le Mont Atlas.
Mes chères illusions, je les perds une à une,
Et mon cœur se remplit de tristesse importune.
L'univers m'apparaît sous un voile de deuil,
Je tremble à chaque pas de heurter un cercueil ;
Car l'avenir pour moi n'a plus qu'un drap mortuaire,
J'en détourne la vue et regarde en arrière.
Je marche à reculons et rêvant au passé,
Mon sang circule mieux, je suis moins oppressé.
Oh! jours de mon enfance, oh ! jours de ma jeunesse,
Jours de paix, de bonheur, de joie et de tendresse,
Que votre souvenir revienne tout entier;
Pour ne penser qu'à vous, je veux tout oublier !
Salut, prés verdoyants, salut, forêts ombreuses,
Où je passais alors des heures bien heureuses.
Et vous, amis, parents, vous que j'avais perdus,
Vous m'aviez tous quitté, vous m'êtes tous rendus.
Laisse-moi t'embrasser encor, ma bonne mère;
Veux-tu qu'à tes genoux je fasse ma prière?
Je la sais en entier. Regarde mes habits,
C'est aujourd'hui dimanche, ils ne sont point salis.

J'ai bien fait mes devoirs, n'est-il pas vrai, bon père,
Que tu dois pour cela me conduire à Carrière ?
Tu me promis un jour, en faisant le chemin,
De m'expliquer comment fonctionne le moulin,
Comment avec du blé l'on fait de la farine,
Et comment les métaux se tirent de la mine.
Aujourd'hui je suis grand, voilà bientôt six mois
Que je communiai pour la première fois.
Ce jour, de grand matin, ma mère était levée,
Et de sa robe blanche elle s'était parée.
Par de tendres baisers elle me réveilla,
Peigna mes blancs cheveux, avec soin m'habilla,
Me conduisit ensuite elle-même à l'église.
A l'autel du Seigneur à genoux s'étant mise,
Le cœur rempli d'amour, d'espérance et de foi,
S'oubliant elle-même, elle priait pour moi.
J'entends à ma leçon mon père qui m'appelle,
Car il s'est réservé la tâche paternelle
De former à la fois mon esprit et mon cœur,
Et de m'initier aux sciences, à l'honneur.
J'écoute avec respect sa parole chérie :
Nous ne naissons pas tous des hommes de génie,
Répète-t-il souvent, mais je ne connais rien
Qui me puisse empêcher d'être un homme de bien.
Dieu le veut, et sa voix dans notre conscience
Nous dit de préférer le bien à la science.
Si jamais je devais te voir tourner au mal,
J'aimerais mieux, mon fils, par un destin fatal,
Te perdre sans retour et garder ta mémoire
Pure comme un cristal, blanche comme l'ivoire,

Mais mon rêve finit ; pour la dernière fois,
Mon père, à ton enfant fais entendre ta voix.
Tu ne me réponds pas ! et toi, ma bonne mère,
Tu me quittes aussi, toi qui me fus si chère !
Ah ! je ne rêve plus ! à la réalité
Me voilà revenu. Que votre volonté
S'accomplisse, mon Dieu ! Soutenez ma faiblesse,
Apaisez les douleurs de ma triste vieillesse,
Soyez mon seul espoir, soyez mon seul amour.
Je verrai sans effroi luire mon dernier jour.

ÉPITRE A MON VIEIL HABIT.

Ah ! mon habit, vous causerez ma mort ;
Ce n'est qu'à vous qu'est dû le triste sort
Qui me poursuit. Vainement je m'applique
A le changer : c'est là mon soin unique ;
Refus, guignon, anicroche, embarras,
La nuit, le jour, s'attachent à mes pas.
Sans se gêner ici l'on me tutoie.
Sans crier gare ailleurs on me rudoie.
Partout, par tous, je me vois repoussé,
Montré du doigt, quelquefois menacé.
Point n'est besoin, certes, de fuir le vice,
C'est lui qui fuit, je lui rends bien justice.
Je parle bas, on me parle bien haut,
Le plus souvent on me tourne le dos.
Si d'un marchand j'aborde la boutique,
Il suit ma main avec un œil oblique.
De bouquiner même il m'est défendu :
J'ouvre un volume, allez, il est vendu.
D'un rôtisseur j'admire la volaille,
Entre ses dents il m'appelle canaille ;
Jamais mendiant ne me demande rien,
Même plus d'un m'offre souvent du sien.
Près d'un chanteur si parfois je m'arrête,
Il me regarde et fait ailleurs sa quête.

3

Par les saluts mon chapeau n'est usé,
Depuis longtemps nul ne m'a salué.
Mon nom n'est plus répété par personne,
Le plus souvent voici ceux qu'on me donne :
Oh ! eh ! l'ami, dis donc, écoute ici !
De bonne foi qui pourrait vivre ainsi ?
Chacun m'évite et me ferme sa porte.
Cruels, pourquoi me traiter de la sorte ?
Qu'ai-je donc fait pour être ainsi maudit ?
Ce que j'ai fait ! je porte un vieil habit,
Sale, déteint, usé jusqu'aux doublures,
Montrant la corde et les mille coutures,
Que chaque soir ma bien novice main
Fait gauchement : il me le faut demain !
Maudit habit, cauchemar de ma vie,
Toute espérance est-elle donc ravie ?
Habit de plomb, dont le poids écrasant
Va chaque jour en me rapetissant ;
Que je me couche ou bien que je me lève,
C'est d'habit neuf que sans cesse je rêve.
J'en vois partout, dessus, dessous mon lit,
Chez moi l'on frappe, on m'apporte un habit.
Oui, c'est Staub, aux savantes mesures,
Aux draps si beaux, aux soyeuses doublures.
Ah ! Dieu merci ! j'ai donc un habit neuf,
Doublé de soie et de fin drap d'Elbeuf.
Je suis fort bien, je redeviens moi-même ;
Aux boulevards, je flâne, je promène.
Ernest me fait un salut gracieux.
Jenny me lance un regard amoureux.

D'anciens amis la foule m'environne,
Et tour à tour de mon esprit s'étonne.
Ce que je dis, chacun le trouve beau,
L'un veut me lire un feuilleton nouveau,
L'autre chez lui, m'invitant à sa fête,
Par son champagne étonne un peu ma tête.
J'en suis plus gai, plus aimable, ma foi !
De la beauté les regards sont pour moi.
La volupté m'entre par tous les pores,
J'en suis avide et j'en désire encore.....
Pauvre insensé, prolonge ton sommeil,
Dors, malheureux, redoute le réveil.
Ton vieil habit, qui tient à sa conquête,
Riant partout, comme sa proie te guette.

Oh ! Béranger, toi qui de notre histoire,
De nos revers, chantas si bien l'histoire
Dans tes couplets ; pendant plus de vingt ans
Je répétai tes héroïques chants.
Du vieux drapeau les couleurs glorieuses,
De nos soldats les larmes généreuses,
De nos proscrits l'indicible malheur,
Me transportaient, faisaient battre mon cœur.
Mais, Béranger, dis-moi, faut-il te croire,
De ton habit quand tu nous fais l'histoire ?
Il était vieux, c'est toi qui nous le dis,
Et cependant tu gardas tes amis ;
Tu sus aussi conserver la tendresse
De Lise, bonne et gentille maîtresse.

Tu fus heureux : honneur à ton esprit,
Femme toujours abhorre vieil habit.
Que de grand cœur je t'aimerais, mon maître,
Si ton secret tu me faisais connaître.
Mais, vains souhaits, il faut céder au sort!
Ah! mon habit, vous causerez ma mort!

MÉDITATIONS.

Mes jours en s'écoulant comme un torrent fougueux
Ont affaibli mon corps, sans fortifier mon âme.
Secourez-moi, Seigneur, accordez à mes vœux
    Que votre saint amour m'enflamme !

Vous craindre, vous aimer, c'est avoir fait un pas
Qui rapproche du bien, qui mène à la sagesse.
Le bien ! avec ardeur je le chéris, hélas !
    Et je commets le mal sans cesse !

Ma bouche immodérée, aux frivoles discours,
Aux coupables propos s'ouvre avec complaisance.
Oh ! combien je voudrais, au déclin de mes jours,
    Avoir su garder le silence !

Je ne puis un instant descendre dans mon cœur,
Sans le trouver rempli de coupables pensées,
De désirs insensés..... De honte et de douleur
    Je tiens mes paupières baissées.

A chaque jour nouveau je prends l'engagement
De ne plus retomber dans mes fautes passées,
Et vingt fois dans le jour je manque à mon serment :
    · Mes fautes d'hier sont dépassées.

C'est toujours au moment où je me crois bien fort
Que j'éprouve combien est grande ma faiblesse.
Au lieu de m'approcher, je m'éloigne du port ;
  Mon cœur se gonfle de tristesse.

Arrière donc, orgueil, vanité, faux honneur !
Homme, courbe la tête et revêts un cilice ;
C'est en domptant le corps qu'on élève le cœur ;
  Dieu se plaît à ce sacrifice.

L'ENFANT ET LE RUISSEAU.

FABLE.

Un enfant, échappé des mains d'un précepteur,
  D'un ruisseau suivait le rivage.
Il s'amusait de tout, d'un oiseau, d'une fleur,
  Marchait, courait comme on court à son âge.
  Droit devant lui, notre espiègle, peu sage,
  S'en allait donc. Pourtant le jour baissait,
  A chaque pas le ruisseau grossissait.
  Le soir survient, puis la nuit toute noire ;
  La peur le prit. Aisément l'on peut croire
    Qu'il regretta d'avoir quitté
  Étourdiment le paternel asile.
  Le regagner n'était pas si facile,
  Car le ruisseau, si lestement sauté
Près de sa source, était le soir une rivière.
Il voulut retourner, sa force le trahit :
  Triste, abattu, près d'un arbre il s'assit.
    Il y passa la nuit entière
Sans boire, sans manger, sans embrasser sa mère.
Son père, tout le jour, le chercha vainement;
  Le lendemain, il le trouva mourant.

    Du vice les voies sont faciles.
    On croit y faire quelques pas ;
    Quand on veut en sortir, hélas !
    Tous les efforts sont inutiles.

LA JEUNE ALIX ET LA VIEILLE HÉLÈNE.

Alix, à l'âge de quinze ans,
Avait fort gentille figure,
De l'esprit et quelques talents,
Même déjà de la tournure :
Aussi de la flatter on ne se faisait faute,
Car toujours près de nous se rencontre un flatteur
Pour nous gâter et l'esprit et le cœur.
Pleine d'orgueil, la tête haute,
Alix croyait tout ce qu'on lui disait,
Tout le long du jour se mirait,
De ses compagnes se moquait :
Pauline avait trop grande bouche,
Rosine avait le regard louche ;
Les plus légers défauts la trouvaient sans pitié,
Et chacun à son tour était sacrifié.
Les sages conseils de son père
Sur son cœur étaient sans effet ;
Laideur, infirmités, misère,
Loin de les plaindre, elle insultait.
Hélas ! elle en fut bien punie :
Elle perdit son père et sa mère en un jour ;
Pauvre et méchante, elle se vit haïe,
Et de plus raillée à son tour.
C'était bien mal, il fallait dans sa peine,
Malgré ses torts, la secourir ;
C'est ce que fit la vieille Hélène ;
Pauvre et bossue, on la vit accourir.

3*

Elle oublia qu'Alix l'avait bien offensée,
 Et dans sa chambre lambrissée
 Elle l'installa de son mieux,
Lui prodigua des soins affectueux,
Réforma doucement son cœur, son caractère,
L'apprit à travailler, fut pour elle une mère,
 Et lui fit voir que dans un corps hideux
Battait un noble cœur, sensible et généreux.

 Un mauvais penchant nous entraîne
 A rire des défauts du corps :
 Pour lui résister soyons forts,
 Et pensons à la pauvre Hélène.

L'ARBUSTE ET LA VIOLETTE.

Un arbuste se désolait
D'avoir reçu de la nature
Une trop petite stature,
Des grands arbres il raffolait.
Hélas ! disait-il en lui-même,
Sans doute le bonheur suprême,
C'est d'être grand comme un palmier :
Il voit le soleil le premier,
Les plus nobles oiseaux perchent sous son feuillage,
Il domine le voisinage,
Il est le roi de la forêt,
Et je suis son humble sujet.
Je suis si malheureux que j'en perdrai la tête,
Disait l'arbuste sans raison.
Et pourquoi malheureux ? lui dit une violette
Dont la douce senteur embaumait le gazon ;
Regarde les fleurs, mes compagnes,
Heureuses d'étaler leurs brillantes couleurs,
Heureuses de parer nos plus belles campagnes ;
Un peu d'eau, de soleil, suffit à leur bonheur,
Et pourtant à tes pieds humblement elles croissent ;
Écloses le matin, en un jour elles passent :
Le bonheur n'est donc pas toujours dans la grandeur.

Ton palmier plus que toi ne l'a pas en partage ;
Il voudrait du soleil l'éclat et la splendeur,
Il se plaint du destin et sèche de douleur.
L'homme rit de l'arbuste. Hélas ! est-il plus sage ?

———————

L'enfant rêve déjà qu'il est adolescent,
L'adolescent pressé voudrait être jeune homme,
Le jeune homme à son tour de son voisin puissant
Voudrait avoir le rang, dût-il avoir la somme
De ses ans. Ce marchand, comblé de biens et d'or,
A de légers devoirs donne le nom de chaînes.
Être libre, être à soi, voilà le vrai trésor !
Répète-t-il souvent ; je succombe à la peine,
Si je ne puis briser un joug trop odieux.
Il me faudrait les champs, je les voudrais sur l'heure,
Quand même de dix ans je me verrais plus vieux.
Et moi, dit un vieillard regagnant sa demeure,
Beau château qu'à la ville il rêva bien longtemps,
Moi, je donnerais tout, honneurs, château, richesse,
Pour pouvoir retrouver, avec mes dix-huit ans,
Ma pauvreté joyeuse et ma verte jeunesse.
Ainsi dans le jeune âge on voudrait de ses jours
Précipiter la marche, escompter sa carrière ;
Plus tard on voudrait bien en remonter le cours,
Laisser passer le temps et rester en arrière.

LE CHARLATAN.

BOUTADE.

Je suis médecin et j'enrage
De voir qu'on me prend tout mon bien ;
La médecine est au pillage,
Et bientôt je n'aurai plus rien.
Partout un charlatan qui jure
Que de tout il vous guérira ;
Mais moi, pour peu que cela dure,
Qu'est-ce donc qui me restera ?

Chaque jour d'une maladie
Je vois diminuer mon avoir.
Que faire ? je vous en supplie,
Je suis vraiment au désespoir.
Bientôt, oh ! fortune cruelle,
Bientôt tu m'auras tout ôté,
Et je n'aurai pour clientèle,
Que gens qui crèvent de santé.

Mais, puisque vous voulez la guerre,
Charlatans, je vous la ferai ;
Redoutez tout de ma colère,
Dans peu je vous affamerai.
Oui, j'espère bien vous réduire,
Malgré vos cris et vos soupirs,
A manger vos drogues pour vivre,
A boire tous vos élixirs.

Vous guérissez, le beau mérite !
Le mal lorsqu'il vous est connu ;
Mais moi, pour le guérir plus vite,
Je n'attends pas qu'il soit venu.
Aussi bientôt pour clientèle
J'englobe tout le genre humain :
Car je veux guérir dès la veille
Les malades du lendemain.

MA MAISON DE CAMPAGNE.

AIR · *Muse des champs.*

J'ai donc enfin aux champs la maisonnette
Que dans mon cœur je rêvai si longtemps !
Quoique petite et dans tout incomplète,
Pour la bâtir, je fus plus de trente ans,
Car mes ouvriers étaient tous des malades,
Tous à la diète et tous gardant le lit,
Au lieu de vin buvant tisanes fades.
Avec cela lentement on construit.

J'ai dans Paris laissé tous ces malades
Pour m'essayer sur de nouveaux clients :
Ce sont des choux, des rosiers, des salades,
Qui de mes soins sont tous reconnaissants.
Pour quelques vers dont je les débarrasse,
Pour un peu d'eau dans la grande chaleur,
Chacun me donne, et jamais ne se lasse,
Tantôt un fruit et tantôt une fleur.

Et cependant, puisqu'il faut tout vous dire,
De quelques-uns j'ai dû causer la mort.
En stoïciens, sans jamais me maudire,
Ils ont séché, sans se plaindre du sort.
Aussi, pour eux j'ai le cœur d'un Apôtre,
D'un tendre amour je me sens transporté.
Un client meurt, vite j'en plante un autre,
Si j'eus un tort, le voilà réparé.

D'un vif éclat ici le soleil brille :
D'un vil fumier il fait naître la fleur;
Il embellit jusqu'à la jeune fille
Qui resplendit de beauté, de fraîcheur.
Mais à Paris, le brouillard, la fumée,
Inonde tout de la cave au grenier.
La jeune fille est bien vite fanée,
Nos belles fleurs reviennent en fumier.

De plus, chez moi chacun peut à sa guise
Remplir sa cave et son garde-manger.
Nul n'a le droit, quand vient le vent de bise,
De mesurer le bois de mon bûcher.
De mon octroi, moi j'ai seul la police.
J'ai prohibé les envieux, les méchants.
Aux bonnes gens, sans fiel et sans malice,
De ma maison j'ouvre les deux battants.

CHANSON.

Air : *De la Meunière.*

J'aime les joyeux refrains
  Que chantaient nos pères;
Ils rendent meilleurs les vins
  Qu'on verse en nos verres ;
Le mien est bientôt trouvé;
Par le cœur il est dicté ;
  Mes vœux sont sincères :
    A votre santé !

A vous à qui nous devons
  De boire à plein verre
Ces vins qu'on trouve si bons,
  Qu'à l'eau l'on préfère ;
Grâce à vous, par la gaîté
Notre front est déridé ;
  Vignerons, mes frères,
    A votre santé !

A vous, généreux soldats,
  Vous dont la vaillance
Nous valut dans les combats
  Honneur et puissance ;
Veillez sur la liberté,
C'est le bien le plus sacré !
  Soldats de la France,
    A votre santé !

Vous qu'on voit pour nos défauts
   Toujours indulgentes,
Et pour adoucir nos maux
   Si compatissantes;
Anges de paix de bonté,
D'amour, de félicité,
   Oh! femmes aimantes,
     A votre santé!

Mais moi qui suis médecin,
   Je perds donc la tête;
Moi chanter pareil refrain;
   Vite je m'arrête;
Je ne l'ai que trop chanté,
Mais, puisque j'ai commencé,
   De cœur je répète
     A votre santé!

LE VIEUX SOLDAT DE LA RÉPUBLIQUE
ET SON VIEIL HABIT.

Je ne suis point un petit maître,
Je n'eus jamais les airs d'un fat.
En me voyant, l'on peut connaître
Que je ne suis qu'un vieux soldat.
Je ne tiens point à l'élégance,
Mon uniforme me suffit,
Et ma plus douce jouissance,
C'est de mettre mon vieil habit.

Quand la tricolore bannière
Nous fit tous libres et soldats,
Les rois seuls nous firent la guerre,
Les peuples nous tendaient les bras.
Hélas! malgré notre courage,
Lorsque la liberté périt,
Je croyais revoir son image
En regardant mon vieil habit.

Aux champs de Fleurus, d'Italie,
De me distinguer j'eus l'honneur.
L'amour sacré de la patrie
Seul alors emplissait mon cœur.
Oh! jours d'éternelle mémoire,
Dont le souvenir me ravit ;
Je retrouve encore votre histoire
Écrite sur mon vieil habit.

Voyez ces hommes qu'on invoque,
Et devant lesquels tout fléchit;
Je les ai vus à chaque époque
Tourner, retourner leur habit.
Le mien est encore sans tache :
Il est usé, mais non sali;
Je ne fus jamais assez lâche
Pour renier mon vieil habit. _ ,

Dans la chaumière de mon père
Aujourd'hui je vis retiré,
Tout prêt encore à faire la guerre
Pour la France et la Liberté.
Quand viendra mon heure dernière,
Lorsque pour moi tout sera dit,
Je ne veux fermer la paupière
Que couvert de mon vieil habit.

MES CHEVEUX BLANCS.

J'ai bien regretté mon jeune âge,
Et pourtant, je le dis tout bas :
Mes cheveux noirs, mon frais visage,
Me causèrent bien des faux pas.
J'éprouvai plus d'une tempête,
Mais, grâce à la marche du temps,
Je vis paisible en ma retraite.
Merci, merci, mes cheveux blancs!

J'offrais mon cœur à chaque belle,
Mais toutes ne l'acceptaient pas.
Plus d'une m'était infidèle,
Et de moi se riait tout bas.
Aujourd'hui quelle différence !
Ces minois si frais, si charmants,
Pour moi sont pleins de déférence.
Merci, merci, mes cheveux blancs!

Le sang bouillonnait dans mes veines,
Je rêvais places et grandeurs,
J'avais des amis par centaines,
Je payai bien cher mes erreurs...
De cette fièvre dévorante
Je suis guéri, j'ai soixante ans.
D'ambition j'ai l'âme exempte.
Merci, merci, mes cheveux blancs!

Plaisirs bruyants, honneurs, fortune,
Dont je fus si longtemps épris,
Votre tyrannie importune
Ne m'inspire plus que mépris.
Quelques amis, quelques bons livres,
Me font passer d'heureux instants.
Mes jours sont beaux, calmes et libres.
Merci, merci, mes cheveux blancs !

LA SAINT-FRANÇOIS.

Lorsque je vins au monde,
Ma famille, dit-on,
Fut mandée à la ronde
Pour me donner un nom.
Longue fut la séance,
Vifs furent les débats,
Comme en mainte occurrence
On ne s'entendait pas.

L'un veut que saint Nicaise
Devienne mon patron;
Un autre de saint Blaise
Veut me donner le nom.
Au calendrier de Rome
Chacun fouille à la fois,
Mon grand-père, bon homme,
Dit : Nommons-le François.

Des amis du jeune âge
J'entends encor la voix,
Au collége, au village.
Tous m'appelaient François.
Et toi, ma bonne mère,
Bonne et belle à la fois,
Toi qui me fus si chère,
Tu m'appelais : François.

LE VIEUX SOLDAT.

Ah ! qu'ils sont loin, ces jours de ma jeunesse
Où je quittais mon vieux père et les champs !
Bouillant d'ardeur, le cœur plein d'allégresse,
Le sac au dos, je partis pour les camps.
Pendant vingt ans, guidés par la victoire,
Tambour battant, nous marchâmes au pas.
Si trop souvent je redis cette histoire,
Pardonnez-moi, je suis un vieux soldat.

Qu'ils étaient beaux, ces braves volontaires,
Jeunes enfants, déjà pleins de fierté !
De toute part ils couraient aux frontières
En entonnant des chants de liberté.
Fallait les voir, croisant la baïonnette,
Sur les canons s'élancer à grands pas.
Nul ne tremblait, nul ne courbait la tête,
Je les ai vus, je suis un vieux soldat.

De quels transports notre âme fut saisie,
Quand au Simplon, grimpés à deux genoux,
Napoléon, nous montrant l'Italie,
Nous dit : Enfants, courons, elle est à nous !
C'est en courant qu'aussitôt on s'élance
Comme un torrent qui roule avec fracas :
L'Autrichien recule d'épouvante.
Moi, j'étais là, je suis un vieux soldat.

4

Ainsi, marchant de conquête en conquête,
Pendant vingt ans nous dictâmes des lois,
Et devant nous, se découvrant la tête,
Vint défiler une troupe de rois.
Ils saluaient nos couleurs glorieuses,
Juraient la paix en nous tendant les bras.
Serments de rois sont paroles trompeuses;
Je m'y connais, je suis un vieux soldat.

Plus tard sur nous la fortune cruelle
Vint en Russie assouvir sa fureur :
Percés, gelés, par le fer, par la neige,
Nos bataillons tombent sans déshonneur.
Le brave Ney, ne quittant pas ses armes,
La nuit, le jour, pour combattre était là,
Ah! malgré moi, je sens couler mes larmes.
Mes chers enfants, je suis un vieux soldat.

Que de revers assaillirent la France !
Dans l'avenir à peine on y croira;
Mais le lion a repris sa puissance :
Rois, croyez-moi, ne le réveillez pas.
De leurs anciens nos enfants ont l'audace;
C'est par milliers qu'ils iraient au combat.
Au milieu d'eux j'irais prendre ma place,
Je leur dirais : Voilà le vieux soldat !

LES ÉTAGES.

Ils ne sont plus, ces jours de mon jeune âge,
Jours de bonheur, objet de mes regrets,
Sans nul souci, tantôt fou, tantôt sage,
Dans l'avenir ne rêvant que succès.
Plus gai qu'un roi ceint de son diadème,
Ne recevant que de Lise la loi,
Dans un grenier je logeais au cinquième,
Plaisir, santé, l'habitaient avec moi.

Avec le temps commença ma fortune,
L'ambition s'empara de mon cœur :
Lisette alors me devint importune,
Pour parvenir je redoublai d'ardeur.
A mes efforts le destin fut prospère,
Je réussis et fus à quarante ans
D'un beau troisième élégant locataire ;
Mais par malheur j'avais des cheveux blancs

En même temps que s'accrut ma fortune,
Je vis sur moi fondre tous les honneurs;
J'eus de l'orgueil, c'est la marche commune,
En me voyant au milieu des grandeurs.
Je fis alors un brillant mariage ;
Pour m'étayer à la ville, à la cour,
Je descendis au deuxième étage,
Et pris perruque aussi le même jour.

Je fus pourvu d'une place éminente
Qui me donna du crédit, du pouvoir.
J'eus de flatteurs une cour très-brillante
Dans mes salons réunis chaque soir.
A leurs discours, hélas! j'étais peu sage,
J'ajoutais foi, je me croyais heureux.
Je descendis au premier étage,
Mais par malheur j'étais sourd et goutteux.

Sur mon bonheur, qu'on vantait à la ronde,
J'ai bien gémi, je ne puis le nier ;
Plus d'une fois pendant la nuit profonde
Je regrettais Lisette et mon grenier.
Ciel! rends-les moi, disais-je en ma prière.
Mais, vains souhaits !.... Enfin, avec le temps,
De tout l'hôtel je fus propriétaire,
Mais par malheur je n'avais plus de dents.

L'AMATEUR DE FEUILLETONS.

A quelle heure qu'on me prenne.
L'on me voit lire un journal :
Les Débats, la Quotidienne,
La Presse, le National.
Je les lis en me levant,
Je les lis en me couchant,
Je les lis tout en marchant,
Je les lis même en mangeant.

Et pourtant la politique
Ne me touche nullement,
Monarchie ou république,
J'aime tout gouvernement.
Guerre, révolutions,
Chartes, constitutions,
Je n'en lis jamais un mot,
Et j'en sais autant qu'il faut.

Je prise fort l'éloquence,
Pourtant je le dis tout bas :
Ces grands discours de séance,
Ma foi! je ne les lis pas.
Trente et quarante-huit, je crois,
Nous ravirent nos vieux rois,
Eh bien! je n'ai jamais su
Pourquoi l'on s'était battu.

4*

Que m'importe le langage
De mes journaux et leur ton,
Pourvu qu'au bas de la page.
Je trouve mon feuilleton.
Je le relis plusieurs fois
Jusqu'à le savoir par cœur.
Tout ce qu'il dit, je le crois,
Car j'ai foi dans un auteur.

De mes héros je raffole,
Je ne suis bien qu'avec eux;
S'ils pleurent, je me désole,
S'ils sont gais, je suis heureux.
Avec un rare bonheur
Je prévois le dénouement,
Et souvent, mieux que l'auteur,
Je termine le roman.

Mais quelle peine est la mienne,
Quand l'auteur, brutalement,
Me dit, pour reprendre haleine :
La suite prochainement !
Il brise mes émotions,
Il étouffe mes sanglots,
Dans d'affreuses positions
Il laisse tous mes héros.

L'un d'entr'eux à sa fenêtre,
Six mois resta suspendu.
L'autre, victime d'un traître,
Passa son hiver tout nu.

Je voudrais que chaque auteur
Qui se conduirait ainsi,
A l'égal d'un malfaiteur
Pour ce crime fût puni.

Mais j'ai hâte de me taire,
Et je cours à ma maison,
M'étendre dans ma bergère
Et relire un feuilleton.

LA GASTRITE.

Air : *Du Charlatanisme.*

Mon docteur m'a recommandé
Le régime le plus sévère ;
A l'eau seule il m'a condamné :
De Bordeaux remplissez mon verre.
Il est vraiment délicieux ;
Je m'y connais, c'est du Laffitte.
Versez encore, versez pour deux,
Car je veux faire de mon mieux
Pour me guérir de ma gastrite.

Pour ordinaire il m'a prescrit
Du lait, des œufs à la mouillette ;
Il dit que j'ai peu d'appétit :
De truffes bourrez mon assiette ;
Doux fruit du sol périgourdin,
Rien qu'à vous voir ma faim s'irrite ;
J'en veux manger jusqu'à demain,
Car je veux me guérir enfin
De ma malheureuse gastrite.

Le café, m'a dit le docteur,
Est mortel, la chose est certaine.
Mortel ! diable ! ça me fait peur,
Je n'en veux qu'une tasse pleine.

Oh! c'est bien là du vrai moka ;
Comme doucement il m'excite !
Je veux aussi du gloria ;
On en dira ce qu'on voudra,
Mais je veux guérir ma gastrite.

Comment, de votre médecin
Vous suivez donc les ordonnances?
Moi, Messieurs, parbleu! je crois bien ;
Je suis trop las de mes souffrances,
Sans observations j'obéis
A ce qu'il dit dans sa visite :
Aussi j'en recueille le prix,
Car chaque jour je me guéris
De ma malheureuse gastrite.

ÉPITRE D'UN PERROQUET

A M CAILLARD, Médecin de l'hospice de la *Reconnaissance*.

Pendant six mois que dans votre ménage
Je fus reçu, j'y fus toujours fort sage.
Vous le savez, mon bien-aimé docteur,
C'était à qui vanterait ma douceur.
De moi jamais on n'avait à se plaindre,
Et de mon bec on n'avait rien à craindre.
Ce n'était pas cependant sans dépit,
Que je voyais sur et sous votre lit,
Un tas de chiens, laids, véritable peste,
Que de grand cœur, voyez-vous, je déteste.
Je me maintins..... pour votre perroquet,
Entre nous deux, qui n'est qu'un paltoquet,
J'eus des égards, je maîtrisai ma haine.
Pouvais-je, hélas! vous faire de la peine,
A vous si bon, pour moi si généreux,
Qu'en y pensant j'ai des larmes aux yeux.
Voyant venir la fin de ma carrière,
Je voudrais bien, avant l'heure dernière,
Être fixé près de vous à jamais,
Me recueillir, finir mes jours en paix ;
J'apporterai avec moi mon ménage ;
J'ai deux maisons : l'une n'a qu'un étage,
L'autre en a sept, et j'habite les deux ;
Je ne suis pas, vous voyez, malheureux.

Pour être admis à la Reconnaissance,
Je sais qu'il faut son acte de naissance.
Je suis natif du Brésil, c'est bien loin,
Mais je pourrais établir au besoin,
Que dans Paris, au sein de votre France,
Depuis cent ans je fais ma résidence.
Je dois aussi vous dire la raison
Qui me décide à quitter la maison,
Où je vivais avec une maîtresse,
Qui fut pour moi si pleine de tendresse :
Pour commensal j'ai le gros chat Tonton,
Un propre à rien, un voleur, un glouton :
Il m'est odieux, sa présence m'agace,
Je n'y tiens plus, je lui cède la place,
Puis, en voyage on voudrait m'amener,
Dans un sabot ; je n'y veux pas aller.
Accueillez donc, cher docteur, ma prière,
Ayez pitié du pauvre centenaire.

FIN.

www.ingramcontent.com/pod-product-compliance
Lightning Source LLC
Chambersburg PA
CBHW061646180626
46818CB00003B/982